Mise en page : Guimauv'
www.casterman.com

ISBN 978-2-203-02121-1
Imprimé en Italie
Dépôt légal : août 2009 ; D. 2009/0053/522
Déposé au ministère de la Justice, Paris (loi n° 49.956 du 16 juillet 1949 sur les publications destinées à la jeunesse).

Domitille de Pressensé

l'école d'émilie

Mise en couleurs : Guimauv'

casterman

devant l'école d'émilie,

il y a une porte...

une grande porte en bois,

et pour y entrer,

il faut la pousser...

école

la porte de l'école

elle est fermée pendant la classe
et quand l'école est finie...

elle s'ouvre tout **grand**.
les enfants arrivent en courant,
c'est l'heure des parents.

un jour, émilie ferme la porte
et se pince le doigt.

émilie pleure, elle a très mal.

je vais te mettre un pansement,
dit la maîtresse.

avec le pansement,
elle fait un petit lapin pour consoler émilie.

émilie est très contente !

elle montre son lapin à tout le monde.

nous aussi on en veut un !

disent les enfants.

alors la maîtresse distribue des feutres
et chacun peint des bonshommes sur ses doigts.

comptine de
la porte

pousse et tire,
tire et pousse.

la porte s'ouvre
ou bien se ferme.

passent, passent
les enfants.

le petit parcours

dans l'école d'émilie,
il y a un parcours
avec un chemin pour les acrobaties.

et des buissons pour se cacher.

aujourd'hui,
c'est le parcours de monsieur lapin.

monsieur lapin sort de son **terrier**.

il saute, il saute sur le chemin.

il agite ses oreilles,

snif snif ! il remue son museau.

et entre dans le potager...

mais que faites-vous ? dit la maîtresse.
il faut ramasser les légumes
et continuer le parcours !

oooh, maîtresse !

quelle bonne idée de mélanger
des vraies noisettes avec des faux légumes.

mais, les noisettes sont tombées
toutes seules, dit la maîtresse.

et puis,
les lapins n'en mangent pas...

mais nous, on n'est pas des lapins !

on adore les noisettes !

comptine du parcours

bras en l'air,
bras en bas,
tournez, tournez,

recommencez !

bras en l'air,
bras en bas.
sautez, sautez,

c'est terminé !

le coin peinture

dans le coin peinture,
on trouve des pinceaux
et de jolies couleurs,

pour faire de beaux dessins.

les enfants font un grand dessin.

comme il sera beau !

oh ! la peinture !

ha ! c'est malin. tu as tout renversé !
et maintenant notre dessin est abîmé !

oh là là ! j'ai pas fait exprès...

mais... la tache ressemble à une poule !

regarde, on dirait une vraie poule maintenant.

youpi !

le dessin est terminé !

et, comme il est très beau,
la maîtresse l'accroche au mur.

comptine de
la peinture

peinture rouge
et peinture bleue,
sur le papier et sur mon nez,

peinture jaune
et peinture verte,
sur le papier et sur mes joues...

et voilà !
mon dessin est terminé !

les toilettes

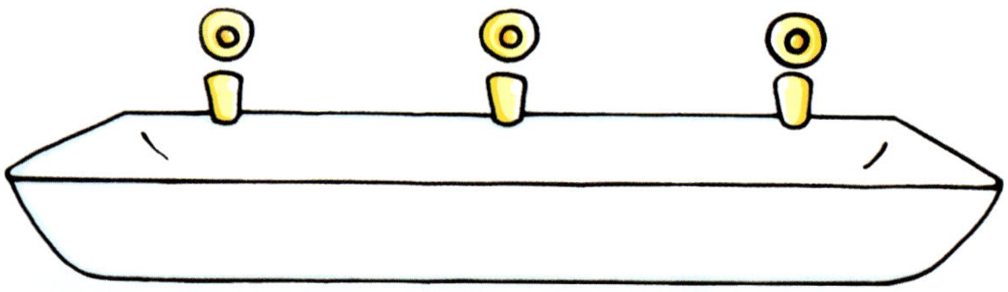

dans les toilettes,
il y a un lavabo pour se laver les mains.

et des cabinets
pour les petits besoins.

après la peinture,
on va se laver les mains.

oh ! un papillon.

il vole, il vole partout !

il ne trouve plus son chemin pour sortir...

on va l'attraper...

et le mettre dehors !

raté !

raté !

raté !

encore **raté !**

ça y est ! il a trouvé la sortie !

oh, regardez !

il reste encore plein de papillons sur le mur.

comptine de l'eau

goutte d'eau, goutte d'eau,
une goutte
sur le bout du nez,
c'est pour me laver.

goutte d'eau, goutte d'eau,
les autres gouttes
sont pour m'amuser.

la cour de récré

il y a plein d'oiseaux
qui picorent, qui picorent...

et un arbre
pour jouer
à 1, 2, 3, soleil !

la récré, c'est la récré !

youpi !

qui veut jouer,

qui veut jouer avec nous ?

moi !

moi aussi !

ha !

mon gâteau !

mais pourquoi l'as-tu apporté à la récré,
tu sais bien que c'est défendu !

oh !

un oiseau...

un autre et encore un autre !

tu as vu ? ils viennent manger ton gâteau.

je suis content,

grâce à moi, les oiseaux ont un goûter !

quelle bonne idée !

on fera tous pareil demain.

comptine de
la récré

qui veut jouer,
qui veut jouer avec nous ?
au p'tit train,
au ballon,
à s'attraper.

qui veut jouer,
qui veut jouer avec nous ?
à courir,
à sauter,
à chat perché.

la souris zoé

elle est toute grise
et habite dans une cage.

elle aime bien s'échapper
et se promener
partout dans la classe.

aah !

zoé s’est encore échappée !

vite !

il faut la chercher !

on regarde sur les chaises...

et sous la table...

dans le coin lecture...

au milieu des jouets...

et dans le coin peinture...

ça y est, on l'a retrouvée !

dans la corbeille à papier !

comptine de
la souris

souris grise, souris grise,
où es-tu? où es-tu?
tu te caches
et je te cherche,

souris grise, souris grise
où es-tu? où es-tu?
tu te caches
et je te trouve!

les enfants

clément

julie

anaïs

agathe

yanis

émilie

théo

léa

brice

kim

victor

e la classe

hugo

charlotte

éloïse

benjamin

alexis

emma

thomas

sidonie

mehdi

hanae

mathis